冥王星的溫柔

陳楷琋◎詩選

目次

目次

推薦序

中華民國現任立法院副院長——蔡其昌

仲春早晨，中醫全聯會的秘書長柯富揚醫師跟我分享了陳楷琋作家所創寫的詩集——《冥王星的溫柔》初稿，並請我提供一些意見，在逐一拜讀完各篇的動人樂章後，非常感激富揚能讓日日因公焚膏繼晷的我，得以稍憩片刻，浸潤在花團錦簇、風光旖旎的幽靜山谷裡，靜靜地享受最純真自然的文學饗宴！

作者陳楷琋小姐的新詩，筆鋒流露出少女獨特的優雅情懷與對生活點滴的豐富回憶，透過妙筆生花的詩篇，從星轉、塵煙、傷痕、迷蝶……，一直到花語與冥王星的溫柔，處處可見她深厚的文學造詣，以及對人生境遇的獨到感觸，而各詩篇所成功交織的浪漫交響曲，令我十分入迷，不知不覺地就融入《冥王星的溫柔》的異想世界裡，久久不能忘懷！

陳楷琋作家重新定義了華人的文藝美學，以輕柔又極富感性的文筆鋪陳，使新詩架構起完美的「抒情典範」，尤其能藉由細膩的巧思，爬梳處理感性、理性與知性間等衝突角色，將個人情懷不著痕跡地注入象徵情緒的文字音符裡頭，有時是間接的暗示，有時是直接的明說，觀諸她刻劃劇情的鬼斧神工，將極其抽象的事物，施以立體化、型態化、客觀化等描繪創造技巧，賦予每篇故事強韌的生命力，令人在閱讀過程不時發出驚艷的讚嘆，更讓我累積許久的壓力瞬間無聲無息地消融了！

在與富揚交換閱讀心得後，得知陳楷琋作家原來是好友即前大台中中醫師公會理事長陳憲法醫師的掌上明珠，而從她蘊含濃郁的文藝氣息與典雅的個人氣質，我大略可以想像，憲法兄一定讓家庭充滿了溫煦、圓融的歡樂氛圍，並且給予小孩最自由、最適切的教育發展，才能培育陶冶出才氣滿溢的新世代文學家，其昌在此也要給這位了不起的父親最高分貝的掌聲！另外，欣聞本詩集即將出版，謹向大家鄭重推薦這本值得一讀再讀的好書——《冥王星的溫柔》！

推薦序

中華民國中醫師公會全國聯合會理事長——陳旺全

華人世界的新詩思潮發展是一個多元且繁複的過程，現代詩人在刻劃自己的文學世界及描繪社會的形象脈絡等同時，正也是展現個人獨特詩風，以及詮釋內心深處情感的過程；文學創作者透過筆鋒間傳達對文學、歷史、文化、自然、土地、情愛等熱愛，再經由醞釀、營造和建構等步驟工法，將鮮明、卓然、獨特的藝術面貌注入漫長的時光迴廊中寫入歷史印痕，這是件相當不易且需要天賦的工程，尤其對於新世代的文學作家而言，面對當前擾動多變的大環境，如何兼容傳統文學的典雅與現代生活的前衛，再巧妙地融入繪畫美、音樂美、雕塑美等藝術元素，的確需要崇高的文學修為與人文涵養。

作家陳楷琋小姐所創作的《冥王星的溫柔》鉅製正是新世代文學的經典佳作，其運用對於日常生活的細膩觀察輔以長期對於人生的深刻體悟，將華人文學的「抒情傳統」與「現代文學」結合並譜出一座充滿文人風情的介接平臺，在細細品味她饒富生命樂章的新詩過程，竟不自覺地走進猶如幾米畫作般的藝術殿堂，而她豐厚的音樂造詣使得作品文字擁有跳躍的生命力，雖然安靜無聲，但情緒的張力豐富，滿溢著令人流淚的感傷與歡樂的笑靨，不時也令我回憶起過往人生經歷的點點滴滴，陳楷琋作家的《冥王星的溫柔》呈現了豐富的價值觀、想法及人生態度，是一本絕對不能錯過的好書，值茲寶書付梓前夕，欣喜之餘，爰鄭重推薦！

推薦序

一花一葉總關情浮光掠影也是詩

——「序」冥王星的溫柔

吳東

詩，是最精鍊的文字，也是最能連綿無限空間的語言。

年少輕狂，志比天高，詩情浪漫；中年務實，視野遼闊，縱橫江湖；老來回首，定靜淡泊，頤養天年。

年少，激情、詩情，似文學；中年，務實、世情，似史學；年老，恬淡理性，更似哲學。

文史哲三方面、三階段的綜合陶鑄素養，謂之「人文素養」。涵蘊了年少、中年、老年……各個階段的成長、歷練、衝撞、昇華、輝煌、燦放……，最後，是悠然與淡漠！

婆娑世界，十丈軟紅塵，生命的歷程，根莖花和果，乾坤一斯須，過河卒子，沒有回頭，只有邁步向前……。而其中，唯獨唯獨，黛綠年華，年少輕狂，青春的旋律，格外顛跛詭譎，離奇曲折，難以估量的、多元多變的傳奇迷幻……，但也最是迴盪雋永，格外動人、迷人的生命之歌。流金歲月，青春無敵，千古以來，引得騷人墨客，千言萬語，為她歡唱歌誦！

天上有星星，星空不致暗黑；地上有鮮花，地面不至於白茫；人間有詩歌，人間也必然不至於無趣。

陳楷琋小姐，出身於中醫世家，父親陳憲法醫師、母親徐瓊茹醫師，執業台中市太平區三十多年，賢伉儷都是中醫界極負盛名的良醫，也是多年的好友。欣逢愛女初試啼聲，首度出版詩作，特別囑咐代為序言。

三十出頭之年、極具藝術天份的楷琋，熱愛音樂與文字書寫。在一篇篇詩作中，字裡行間，探索自我的熱切、關注生命多元層面的用心，以及試圖衝闖禁錮、企盼脫胎換骨的努力，如歌的行板，炫爛風華中的真淳、煩瑣塵俗中的溫柔……，在在見識她的慧眼灼見，更見證她獨特、細膩思維的年輕活力！

一花一葉總關情，浮光掠影也是詩。冥王星，不是暗黑的黑洞，而是人生歷程中，階段性的過程，期盼著她經由文字詩歌，持續剖析觀照創作，更無止盡地峰迴路轉、破繭而出、羽化飛翔、更上一層！

祝福無限！無限祝福！

（吳東，靜宜大學中文系退休副教授，網站「腦中風研究院」、臉書「登山借問站」板主。）

自序

本書以內文最後一首詩：「冥王星的溫柔。」做為此書的書名、以及本書的結尾詩篇。是引用了占星學中冥王星的意涵，一顆帶有「慾望、摧毀與重生」涵義的星球，即是想期許我們若處在陰霾的籠罩和摧殘之中，能夠不依賴任何引誘人上癮的物質，做為排解生活壓力的管道。否則將如同依附、寄生在冥王星身旁的五顆衛星一般，深深的著迷於冥王星本身所蘊藏的強大吸引力，反覆地在軌道之間為它環繞追逐，始終不能離去。

在這極快速節奏的現代社會裡，我們在日常生活當中，總不乏有被壓力纏身以致於難以喘息的時刻與經驗，人們總會將這些長久以來埋藏在靈魂裡，那些過重的壓力，以各式各樣的物質和慾望來暫時麻痺和緩解當下身心靈所感受到的不適感，其中最常見的物質依賴與行為包含了：菸草、大麻、酒精、咖啡、茶飲、瘋狂購物、藥物濫用、毒品施用、暴飲暴食、甜食上癮、愛情中毒，以及性愛成癮……等現象。這不得不讓我們反思自身是否也有這樣的問題或隱憂存在著？倘若放縱自我麻醉的情形，將導致整個大社會共依共存的群體們，在長遠的未來道途中迷失了幸福的方向、顛簸著散亂的腳步而無法凝聚同心。這場由心靈所引發的危機，應是值得令人重視的議題。期許我們將來在面對壓力的考驗時，能夠努力去抵抗各式物質與慾望的誘惑，即使在一己精神脆弱之際，還能盡力以一顆「傷痕與勇氣併俱」的心，去面對生命渡口中，那每一場殘酷的暴風雨，在毀滅之後勇敢重生。

倘若你的身邊也有至親、好友、同事，甚或只是一個與你有過一面之緣的陌生人，他們正面臨著重度壓力與情緒障礙所帶來的困擾和難題。若是你願意，或許可以伸出一雙溫暖而友善的雙手去關心、支持他們。如果還能做到更進一步的話，「接納」這些被困在瓶頸中動彈不得的傷痛靈魂、及其渾濁不堪的負面情緒，會是一把比起任何醫生的處方籤都來的更有療效的「心靈之鑰」，你將開啟他們塵封已久的腐鏽心門，成為他們在生命低谷中那輪最無私的冷冬炙陽。這會是我們此生短暫的人生經驗裡，一件令人難以忘懷、並且具有自我肯定的價值與不扉之含意。

作者願將此書，獻給每一位有緣在這書頁字裡行間邂逅，因而產生了共同交集的你。祈盼等在彼此思維擦身而過之時，能將各自繽紛的思想融合匯聚，以激盪出一襲共鳴的美麗浪花。請恣意地撬開本書的頭蓋骨，鮮紅色的血液、粉紅色的腦、透明可口的思想，都將隨著你任意翻閱的指尖，一湧而出。

陳楷琋於2017.05.05星期五23:15筆

十字路口

零碎的回憶幽閉支離
一如驟下的流星消殞
二十年戲夢曇盡
三瓣酢醬草的劇情
肆虐我黑夜的光明
捂住眼睛
六月飛霜淋漓
漆黑墨羽含冰
八哥鳥迷離私語
酒精發酵成光暈
十足十的清醒

午夜十二點

走丟了一隻鞋
在午夜寂寞的古街

心上人是否
像童話一般出現
為我穿鞋

街上青石遍遍
在壞掉的燈下
眨眼

還捨不得回家
要美麗的夢
走很遠

這不是妄想
也不是幻覺
我走在水晶搭造的夢之街

期待你能出現

星轉

炎陽晝短
細柳彎彎
茂盛的竹羽
在曉風裡取暖
葉顫

遙星天滿
翠竹參參
青嫩的枝條
在月光下伸展
影亂

塵煙

直升機劃過天空
地面上橫屍遍野
分不清的男男女女
裸身交疊
看不出絲毫底
情色意味

這一群浮腫的臉龐
調和了一千零一種哀怨
還有些個張開了嘴
訴說著無盡眷戀

這裡有半條腿
請問是屬於哪一位
怎麼橫跨在我的腰間

該找誰歸回

天空依舊晴朗
就像再平常不過的一天
想說的話還沒擬好草稿
也沒能和你和好

走到生命的渡口
將遺憾讓潮汐帶走

日初和日落
仍交替不懈

生命不過是
那
宇宙的塵煙

他的眼睛說

一雙澄澈的眼眸
承載著多少溫柔
像深藍的大海
輕擁著我

那些個唇語的
[mute]
他偷偷地吐露
只能在心跳的脈動裡
悄聲摸索

捨不得消退的腦內啡
徘徊在遙遠的那頭
融化了雪覆的心谷
昇華著一江寂寞

問候

山櫻初萌
在涓雨的問候
窗外雷聲不響
閃耀的光束卻成了主角
窺視著小徑
石子路上有失色的月光
幽曖如常

碧瀾漣漪不斷
輕弄著湖岸
旋轉

氤氳的景色
卻源自於心酸

群星爍爍
原地不刻的守候
憂傷難掩
舊時的溫柔

山櫻初萌
含花未落

鑲唇

用心
為你煮一杯咖啡

那些爭先恐後環繞而上的
不是水蒸氣
而是一群咖啡囚徒的
巨大想望

隱匿了自我卑微的暗語
悄悄竊竊
透明搖曳

卻藏不住
濃烈燙手的狂熱偏執
知道你抗拒它真實呈現苦味的
本色
我踏實地鋪上了一層撫慰的糖
只為能纏繞／禁錮你
浮誇而挑嘴的
饕舌

雪豹

雪豹眼瞼下的淚滴
是經歷了幾世紀的逃亡
是輪迴更替不了的痕跡

岩洞上的積雪
覆蓋成冰
在凝結的空氣裡
有安全的孤寂

這華麗的宿命

是/風雪遮掩不了的低調
是/上天的寵眷
是/異族的垂涎

是／瀕臨滅絕的純粹
是／夜空那一閃而逝的相信
是／皮裘之下的鮮血汩汩
和一個被遺忘的姓名

在淒美的岩石高地
即使歷史冰涼如雪
只願槍聲不響
山崖空蕩
享受這傲骨
這奢侈的回音

在心頭
砰、
砰、
作響

回鍋肉

一盤冷卻多時的美饌
是否還有機會
重新可口

將
火星點燃
接著熱鍋
加油

放一些少許
乾枯發皺之
肉塊
要回溫
初嚐的悸動

以調料
儘可能的包裹
看似鮮豔濃稠
那貪饞的嘴
又發作

讓白淨的
圓盤
托載著
盼望
小心入口

消化這
不復鮮美的
殘舊

風味寂寞

解剖

瘋狂
因世界或自我
隱藏在軌域裡的
混亂與惶惑
是罪魁禍首

它漫佈在綻放的思緒中
傳染
滲透

聽——

主宰者的宣判
那正常的主流
屏除所有殘破
依照準則指示
垂首

那寡不敢眾的言說
關鍵字
是什麼

裝聾的良知
和作啞的思辯

交錯背向出走

放養人群
欲徵召
迷途的傀偶

示眾解剖

為屏障驚醒的
出口
無所保留

傷痕

一條溪流裡
藏有多少隻魚蝦
有些蝦子身上透著光
似水晶清瑩
無瑕的澄澤裡
泛出冷色調的光暈
讓水草染上一層淺藍
那氛圍幽異而美
不甚真切
溪水聲在耳畔流連

湍急，似夾著雀躍
它纏繞在青石縫隙
來回地交織著
一縷蜿蜒

這渠道
馱載了多少年歲的思念
看夕陽餘暉照返
還能否於殘日相守
至斜影映地消卻

要滌淨心口的尖牙
以溪泉替瓊漿赴宴

讓不堪的濃血枯竭
不應許鋒利瓦解
只因睫毛吐露了真言

聽溪水／喃喃
為那隻最渺小的
巨獸
否認曾經畏怯

聽溪水／潺潺
它憂傷的曲調
不斷
不斷

遷徙

埋葬在心底
泥土一樣乾淨
似孩子般的心情
沒有倒影纏聚

多少光陰
時間滴瀝
忘記了透明

白牆上的日曆
多少灰塵堆積

耽溺於曦晚光影
不堪停息

鏡子裡的倒映
相逆著
一同遷徙

它
是不是你
那最初的你

空樓

窗櫺外的蒼鳩
震羽孤鳴而過

驚擾
南面天空的雲朵
和一紙書墨
斗黑的字跡
是蜉蝣乍現之深秋
竭盡心血的座落
潮溼牆緣
輕撫著餘下斑駁
細數時分多少夜晝

盞燈不亮
晦暗沉默如你我
乾枯的淚腺
將思緒繞作漩渦
燒灼

狼煙不起
找不到堅守的理由
空蕩迴聲
漫漫
不諳盼留

沒寫完的信

我和郵差先生
有一個約定
要在勇氣凝固的日子
投遞出去

潔白的信紙
找不到一個位置
下筆

每一個空白格
都在切切私語
思念在筆尖蠢動
沒有重力

懸盪的回憶種子
在腦中結成果實
每一口都酸的
不行

我自私底獨享
一顆都不分給你

除此之外

再無話可說
要郵差先生不要
等我
說不出口的心情

香氣

是盛夏的夜
微風中傳來了久違的香氣
一種放肆的／狂妄的道別

稍轉即逝
那高掛在漆黑的圓缺
浸蝕了靈與肉的記憶
一片／又一片地消解

誰穿越過了幾世紀的怨懟
竟還對我無聲呢喃
你姓名的
香味

綁架

當憂愁綁架了自由
當自由綁架了承諾
當承諾綁架了謊言
當謊言綁架了信任
當信任綁架了純真
當純真綁架了夢想
當夢想綁架了理想
當理想綁架了現實
當現實綁架了生活
當生活綁架了浪漫
當浪漫綁架了瘋狂

當瘋狂綁架了真實
當真實綁架了無知
當無知綁架了盲從
當盲從綁架了主流
當主流綁架了分歧
當分歧綁架了立場
當立場綁架了選擇
當選擇綁架了自我
當自我綁架了憂愁
當憂愁綁架了自由

我遇見了我自己

從沒想過世界上
還會有另一個自己
與靈魂產生交集

它在我的身體裡
呼——
吸——

每一次的碰撞與脈動
都讓人窒息
不可思議

那是我肉體與心靈的衍生
是生命的真理

在皮膚之外
憑空延續
待它成熟時
能不著痕跡地
採擷

屬於不可言說的
意義

我
遇見了我自己

胎記

你的神情透露著一股
鐵鏽味的殺意
默黑色濃密的
眉睫之間
凝聚了愛與恨的
結晶體
你親手
毀壞了你的過去

在身後
無數重疊的足跡裡
都是有去無回的
單向拓印

我是你背後一抹
醜陋的
胎記

令你在夜深人靜之時
偷偷地
窺視自己
帶著一種卑微的
羞恥感

彷若罪人
終被刑警
突破心防

你緊閉著嘴
卻
仍滔滔不絕
嗚咽的喉音
近乎
歇斯底里

可嘆
在你指縫間燃燒的香菸
和濃郁的醇酒
也倒轉不了故障的回憶
帶不走你
無病的
呻吟

於是
你沉溺在
這金色蜂蜜充填的夢境裡
假睡難醒

你的神情透露著一股
憐憫之情
憐憫著自身
那矯飾過的冷漠
羞愧於用力攤開自己

害怕
在熾熱的大太陽底下
融化成一灘
柔軟的污泥

熊貓與羊

夜半不成眠
找不著一個屋頂
讓我吹風／賞月
天花板上的小燈
像微弱的星點
快熄滅

黑羊白羊行列成隊
恐後爭先的往前
一隻羊
兩隻羊
三隻羊

……，
七百七十八隻羊
全都變成了雲朵
飄上天

我留下第七百七十九隻
陪寂寞消遣
拴在床邊
看我入睡

咩——咩——
咩——咩——

圓

想
要你記住我的容顏
青山雋永
花期同煙
轉眼

想
要你記住我的容顏
時空輾轉
心不凋謝
凝結

想
要你記住我的容顏
此次
別後不復相見

想
做你
回憶裡最精美的
句點

想
做你
此生
未拆封的
緣

罪

又到了
脫皮的季節
蠢蠢欲動的節奏
扭曲著冰涼的魂魄

疊影重重
拼湊著靈肉
將湧竄的原罪
在危卵裡崩解
自眼眶溢出
那可畏的海水
軟化了纏覆的老繭

一層
又一層的
崩潰

是最赤裸的謊言
饞望著仇恨
——消解

迷蝶

雲霧蒸騰
在書的絹頁
漫延
那字裡行間之上
刻著一弧
清月痕

是誰
輕悄的嘆息聲
坐落在最高的彎橋
飄蕩

年復一年的思別
伴隨著玉玦／圓缺
看滿佈的龍鱗飛雨
嗚咽／力竭

北辰星從不凋謝
守護著那座山城
薄溪旁縛石的苔痕
道不盡它
歲月霜雪

綺麗的總歸是夢
我化做迷蝶

心塚

你的瞳孔
溶進了咖啡香，濃郁
一陣又一陣地悸動著
某座蠶蛹

預言著那
即將歸降的前奏
委婉地，蠱惑地
獨自佔有

在經緯交纏的殤疆

有明朗方向
登堂
欲
挖開心塚
盼不見君主，相忘

虹霓蜃樓

埋藏在土壤裡的濕冷
一顆陰森腐朽的
心之種子
奢望著
不可說
不可望的
萌發

你等著
她有日就爆炸

跟著
你的心也起了
蝴蝶效應

驚嚇
混沌

噗，通
噗，通

這已經是個預警

現在，此刻
就是這一秒

宿命

傳說中那七夕
每每都會下雨
是源於
新思和舊愁之淚滴

鵲橋上無數破涕
反覆著
一年一度
才相遇

沉醉
在星點融融的幽澗裡
嬉娛

蜻蜓自心湖上點水
繽紛而綺麗

陰霾
讓灰吹飄零
霓虹交聚
紅鸞歸璧
怎地

又逢夢醒

花繁再盛
能轉飛絮
深埋霜雪
用淚水相飲

別，離

出芽生殖

寂寞的細胞
包覆著蠢動因子

醞釀熱鬧前奏

從 DNA 開始
擱淺在核岸之上
宣示將改變今後歷史

那紅線兩頭
凝結在相同位置

奉
命運之旨

相吻

銜接複製
成千上萬地
交扣著彼此
終將

寂寞而充實

萬分之一

雨濛濛的天空
有似曾相識的氣息

那是在你懷裡
憂傷的演繹

筆直的時間
嚴苛的前行
沒有
後退的權力

不期待
日光露臉
看雨
哭的憂鬱

沒有風的日子
感覺不到
空氣
就像我
感覺不到
你

在臨近的城市
怎麼
遙遠的像顆星
星海茫茫
每個熱情
而
哪一個才是你
才是你

暴露

在開放的文字裡
半掩著
隱晦的意味
從詩的開頭
到
結尾

每一道筆劃的流轉與接銜
深刻的
勾勒出詩人心口的
彎月
是破題的揭露
卻
捨棄不了
迂迴

每一篇故事的主角
都背負著偌大的寄望
獨自走向
最末章的
最後一小節
迎接那
本應是完美的終點

詩的旅途
遙遠
卻總想停歇

停歇
卻帶來傷感
讓四季不懈
不懈的重複著

吸收
與
代謝

最暴露的
底層
才有最羞赧的
純潔

將靈魂與肉身的總結
寄託在
那些個陌生人的
雙眼

他們大方的窺視
刺探詞藻中的
密函

以第三人的姿態
將浮面的星點
連接
交織成一張蛛網
等蝴蝶翩翩
揭開
最平凡的註解

只有過程
才
耐人尋味

視界

牛乳／童真——白色的
薄荷／安定——綠色的
砂糖／自信——金色的
鮮血／熱情——紅色的
唇膏／夢想——粉色的
海洋／理想——藍色的
水泥／未知——灰色的
鋼鐵／成熟——銀色的

灰燼／仇恨——黑色的

稻穗／友誼——黃色的

夕陽／祝福——橘色的

極光／愛情——彩色的

水晶／時間——透明的

永夜之後

你穿著秋天的氣息
走在星月無光的路上
心底卻懷抱著一顆太陽

那道路
承運了多少寄託
與孤注一擲的夢想

你決定傾盡一生所有
拋卻驕狂
拾起希望

用最赤裸的雙足
筆直地刻下一行
遙遠的羊腸

走向那道
隱藏在永夜之後的
曙光

時光走廊

我穿越——時空
回到當年
楓落的午後
緊牽著你右手
同走過
斜陽西射的山坡

我穿越——時空
回到當年
樸實的巷弄
聽，小販叫賣的聲響
自家門前
飄送

我穿越——時空
回到當年
墨香的書房
在腐朽的老鐵盒裡
憑藉著相片
與回憶相擁

我——

穿越了——

時空——

熱戀，倒數

炙夏的天空
沒有雲朵
澄澈清朗
湛藍透亮

見燃灼金烏
無處躲藏
直截地灑落天光

薔薇難得不曬月
疾肆綻放
自芬芳的土壤
妖嬈狂妄

蟬聲不斷
如川水浩漾
迴盪悠長

這焚陽熾猶焰
聞風暖催梅香
那熟雨傾似瀑
聽竹浪促人涼

膠卷

金沙
流淌過指間
有一種奢侈的感覺
隱隱約約
緩緩凋謝

那質地
細碎而清淺
不著痕跡地
轉動黑白膠卷
將遺憾冠冕
風化

粉飾了無數個
寂寞的夜
傷痛/催眠
為抵消眷戀

她滌淨一身污濁
化作
霜泥鴻雪

安全感

你口裡滑出的揶揄
一言一語
一字一句
偷偷地透露出
矛盾的煽情
像夜半悄聲的
囈語
獨自在那
混濁的河床中
掩蓋思緒

這漫漫泥濘
攪和了所有繽紛顏色
成灰
它擁抱著你入懷

你說

這河床
是／靈魂最張狂的庇護所
是／窩藏罪犯的同謀
是／沒有黑暗／沒有日光／沒有赤裸

你浸泡在這
污濁的河床裡
緩緩的漂流

彷彿

沒有時間／沒有盡頭

同眸

將一個人的傷痛
加之於另一個的身上
用不關己事的
慰問
洗不淨他雙手染血的
髒

試圖以
溫柔的語言
與
低垂的眼瞼
封緘那口
潘朵拉的箱

挫折不斷
反覆
為同眸
一一揭開舊傷
不厭其煩的
亡羊

讓傷痛傳遞的能量
在兩者承接之處
震盪
它將凝聚成黑色的糖霜

看皎潔的白月
無私的映照
在
那剪燭昨日的西窗
卻照不亮
他們心中的
迷惘

無法相抵的
慾望
卻是唯一
能穿透彼此的
橋樑

讓愛與虛偽成雙
除名在
結伴來時的路上
將恨與醜惡成對
消失在
未來遺憾的過往

ENCORE

舞台上
為你留一盞燈
你在燈下發愁
表情落寞

劇本上的臺詞
總唸得拗口
客串的對手
面孔不熟
你開始笑得像個小丑

千萬人的注目
看似冷漠
不著邊際地
在客席穿梭

沒有人
拍手
歡呼稀落
放逐夢想的旅人
太寂寞

小木偶劇場

在無數淚水竭力
掙脫
直至——汽化
飽和了烏雲汁

寂寞。
才翻升。
又墜落。

你便會溫柔憐愛地
牽扯它
木偶線的那頭
在鎂光燈聚焦的舞台上

即！
時！
開！
演！

讓失控的雀躍
發動一連串
恐怖攻擊
用狂喜與自嘲
將

邱比特的守候

轟
——成碎 片

「
這——劇場喝采的
喧囂∞——還
夠——回味一陣子
」，那木偶說。

它仍在
你若即若離
又不即不離的
距離中

日復一日，日復一日，日復一日
日復一日，日復一日，日復一日
日復一日，日復一日，日復一日
日復一日，日復一日，日復一日
日復一日，日復一日，日復一日
日復一日，日復一日，日復一日
日復一日，日復一日，日復一日
日復一日，日復一日，日復一日

不停的重複著
遙遙無期的：
噤，
默。

眼睛

混濁的大氣層
一併酸化了厚重的眼瞳
一雙又一雙
交疊在陌生的十字路口

日復一日地
以致於再也看不清
眼前的
想法如飛絮

或應等待時間出走
才能在沈澱的粒子中明朗
所有透澈的
只能存在於一顆平靜的心

似止水一般
去撫平這些杯盤狼藉的
傷口

時間的頓點
全都為這重擊
讓畫面和膠卷
瞬間被消磁
消磁在真空的記憶層
將過多的情感歸零

那海面湛藍平靜
怎地
再窺不著
昨夜暴雨槌打的痕跡

嘴巴

無聲的獨白
在喉間用力顫抖
梗塞，成
一處缺口

那不願透露的眉頭，深鎖
凝滯成一潭酸池
發酵的液體
蒸發了又落下
持續底
腐蝕著陳舊傷口
節不成一處瘢痂

緊閉的雙唇
是沉默的幼蟬
若說是無法傳達
不如說是不能表態
於是
它和我
一起消聲匿跡

藏匿在
最深最深的海
和夜空中
一顆最隱晦而遙遠的恆星

記錄著無數空蕩的靈魂
過往飛翔的痕跡

若是文字能替我傳達心意
那麼我將懼怕文字
若是語言總讓人曲解情意
那麼我將沉默不語
若是靜默會教人瘋狂
那麼我將成為那昇華的水氣
自凝固的冰河上騰空飛起
向無雲的藍天

在所有失與得的瞬間
自數不盡的光年之外
默默眨眼
讓我用最平靜的控訴
取代煽情過度的淚眼

耳朵

看
那些成對的耳朵
輕薄猶如蟬羽
才經不住風迎之嬉

日初時你昂揚
夕暮時你垂首
總連帶底
勾引著鬆動的情志
不住的往返兩極

這隱隱飄移／淺淺流轉在
空氣中的
到底
是一首輕狂的樂曲
抑或只是那過度乖張
卻不容置喙的
懷疑

在這條敞開的時間軸線
成就了一口井
你以老舊過時的知識當腿
奔跑在銀河的嫁衣之上
劃出一絲一縷／汙泥
卻
瑕不掩瑜

殼

一隻寄居蟹
自一座
逐漸擁擠而斑駁的殼中
逃亡

牠遷移到另一座
未知的
房
背載著前一個主人的
遺忘
走在那相同的道上
不在乎
曾經到訪何方

似一縷
沒有記憶的煙魂
蒼白的隨風流浪
牠費盡此生所有力氣
更迭——不過
只為豢養與壯大
自身慾望

直到
那貪婪
不再滋長

心窗

白色蛛網
在夜空飛馳
綻放
持續無節奏的聲響

哐啷——
哐啷——

怒吼聲遍野
回聲猖狂
徬徨

洩傾照夜
那流光

伴隨斜雨
敲窗

玻璃上的倒影
薄弱迷茫

巾帷舞弄的方向
有濘綠微香
可憐初現孱蕊
已形疲支離

曦晨若是來臨
能否忘却疾雨

要在餘虹未怯之時
覆盡觴漿

等候晴朗

小艸

想成為一棵艸
一棵在路旁那不起眼的
尋常艸
長在烈日和暴雨中
安靜的承受著
既尋不著思緒
也用不了罣礙

想成為一棵艸
一棵從未被命名與歸類的
無名艸
站在狂風和濃霧裡
恣意的飄揚著
是無需要惶懼
且無所謂歎慨

想成為一棵艸
一棵站在原地永不出走的
恆常艸
旋在宇宙運行的軌道裡
恆久的消長著
是不渴求未來
亦不在乎情愛

想成為一棵艸
一棵無奇的
小小的
艸

發芽

把思念寄託在紅豆裡
用琴聲細細催化
滴落淚水
萌發

在急著發芽的鼓譟之下
與時間反覆
掙扎

封閉的情思
繾綣

尋覓著出口
破繭
要相思化做祝福
灌溉你
平靜的心田
獨自昇華

寄生

菟絲子纏繞在山谷之間
日復一日的蔓延
每一絲青線的纏繞
是依附的眷戀
像柔軟的彎蛇
攀行在你的腰沿
是宿主偶發的慈悲
用溫柔撫慰
撫慰思念發酵的不安
得以停歇

日光輾轉
伸手不見五指
深沉的黑
是巨大的安慰
在土壤的懷中
有一處依歸
待生命退潮後
能讓我依偎

人魚之歌

有人忙碌著
那沿岸是漁獲正好的季節
看繁千無盡的銀彎月
像萬花筒的美景
成群地，自
高處飛旋
讓秋日
提早
降——
雪——

是夜
有燈塔熄滅的
殘缺

那日
若不是日出的太早
星月仍垂眼低眉
不睡

潮溼的海風
覆蓋了彼岸花的香氣
模糊而含蓄
隱約輕軟的氣息
幽香滯凝
真實感微稀
難尋
卻
已至欲凋的花期
怎麼仍意猶未盡

雲朵的分身是一隻人魚
她在海洋裡輕哼著歌曲
似浪潮拍打在沿岸上的海藻
撞擊出意外的樂曲

有水花咕噥的埋怨
是生活太過操勞
只為忙他人之浪漫
犧牲自我之怨嘆

在氣泡的聚集之後
有讚嘆的聲息

沒有人會注意
（或不曾在意）
它們也會

散去

一顆一顆的
消亡

沉溺在
人魚憂傷的曲調裡
反覆聆聽她
殘破的愛情

同步翻譯

嘿！
能不能教我一回
你嘴裡說著的
那種語言
想用你的口吻和修辭
努力地去描述
此生我所見過
最殘酷的
一場暴風雪

嘿！
能不能讓我咀嚼
你所在國度裡的
每一個生動詞彙

還想問問你
那個世界盡頭之處
是否也有曇花盛開的季節？

嘿！
如果可以
能不能將你我心上的尺子
同步成一致的單位
好讓彼此共用著同一雙手
度量
這混濁的人間天堂

在極黑與純白之間
究竟
遺漏了多少灰階
散落了多少光點

嘿！
能不能像我這麼幻想著
人們哪天或可駐紮在
所有語言的上游
也許
我們就能輕易地跨越
這道謬譯的
憂傷洪流

看所有文字
暴露在
你的
我的
我們的
空氣之中
毫無阻礙與芥蒂的
徜徉——
與
漫遊——

祈禱

親愛的陌生人
我正為你祈禱

在看似平靜的城市裡
有悲傷的氣息
揚起

朦朧那視野
盼不到天堂的垂憐
才迴光
是心牆亦難擋的寒威

山巒冤雪覆漫
蹣跚的翩魂
正馱負軀殼
奴放不羈一生的
眾多絕望

我瞅向那腔道
以未完成的迴流
為你祈求著——
星辭月落
炎噤沙瘦

紅燭

我在你的世界裡／睡去
又自你的夢中／甦醒
一晃眼
昨日已在身後
遙遠底

那長廊盡頭的紅燭
是從前的嚮往
祂通往一座森林
孕育著無數嫩芽

參天之下
正浮誇的喧嘩
急著壯大

這長廊
沒有燈火
讓燭光
詮釋太陽
照射在心盲一角
想像霽日將至
蒸發潮溼雨露

在清醒之後
拿年華相抵

兌換

一雙／羽翼
和
一寢／溫柔的憐憫

彌留

蛋殼裡
等著被孵育的
是生靈
是死囚

起點
是為終點存在
終點
卻沒有盡頭

於時空的座標
早刻畫了生命之紋路

在兩點之間的連線
虛與實之界面
繁衍

自靈魂交集的區間
編織巢穴
讓自身得以彌留
不斷地
蔓延在此刻
不住停歇

直至
永世來臨
之前

流星

生日蛋糕上的祝福
閃爍著
短暫而真切的夢願

單層的 Cream Cake
無趣
低調
純白
卻仍是無可替代

在這裡
每一次星空下的儀式
或者說
為生者鋪陳的祭典

到那時請拿起一張
腦袋中的空白字條
務必整齊地填寫上
所有不完整的缺陷

關於你
看不見
聽不見
感受不到的一切

應是一字不漏地
挑剔
尖銳
偏執

在數字不停疊加的正計時裡
再一次旋緊生命
之音樂盒
讓同一首平凡的旋律
維持著
相同的頻率和音線

以行為與思想相互呼應
在未來
發出共鳴

樂——
快——
日——
生——

在流星沈重的淚水面前
請：
不要許願
不要許願

遺願

親愛的
別畏懼科技的狂瀾
它橫跨在兩世紀的邊緣
苦笑
經歷了幾世紀的挖掘與渴切
目睹著眼前的飛騰和走味
我們得以在時空的第四維
穿越——
穿越過不幸的聲響
和公義的裁決

你曾否也在此聽見
一句它最經典的遺言：「　　　　　　　　」
迴盪八方
流連

捕夢網

夢想是一隻蜘蛛
不斷在巢穴裡攀爬著
織紡
她不由自主的吐著絲
要鋪成一張最柔軟的床
用耐心與期盼
等待獵物進場
風似的撲向希望
因渴望而儲糧
竭力餵養空想
好搭上懸在樹尖頂端的
粉色雲朵
馳向星浪
綻放光芒

蜉蝣

你用浮面表淺的
蜜語
承澤了一棵梅樹的
盤根
堅守在錯節樹梢上的
殘雪
在漫長冬季之尾
紛飛

你用熟稔速成底
甜言
殺青了一缸初生的
羞果

沒溺在蜜融稠湯裡的
青梅
在幽閉沉淵之漿
浮游

一顆一顆底
抱擁著明日
那還未升起之驕陽與
你眼底乍閃而逝的
殷切深深

彷若
未曾渴盼這
邂逅前的
生澀

給饕餮

我要吃掉你！
底純真！
喀嚓！喀嚓！

我要吃掉你！
底毅力！
喀嚓！喀嚓！

我要吃掉你！
底期待！
喀嚓！喀嚓！

我要吃掉你！
底夢想！
喀嚓！喀嚓！

我要吃掉你！
底自信！
喀嚓！喀嚓！

我要吃掉你！
底成功！
喀嚓！喀嚓！

我要吃掉你！
底快樂！
喀嚓！喀嚓！

我要吃掉你！
底友善！
喀嚓！喀嚓！

我要吃掉你！
底溫柔！
喀嚓！喀嚓！

我要吃掉你！
底笑靨！
喀嚓！喀嚓！

我要吃掉你！
底愛情！
喀嚓！喀嚓！

我要吃掉你！
底仁慈！
喀嚓！喀嚓！

我要吃掉你！
底智慧！
喀嚓！喀嚓！

我要吃掉你！
底熱情！
喀嚓！喀嚓！

我要吃掉你！
底無私！
喀嚓！喀嚓！

我要吃掉你！
底美麗！
喀嚓！喀嚓！

我要吃掉你！
底理性！
喀嚓！喀嚓！

我要吃掉你！
底良心！
喀嚓！喀嚓！

我要吃掉你！
底幸福！
喀嚓！喀嚓！

我要吃掉你！
底自由！
喀嚓！喀嚓！

我要吃掉你！
底健康！
喀嚓！喀嚓！

我要吃掉你！
底平靜！
喀嚓！喀嚓！

我要吃掉你！
底光陰！
喀嚓！喀嚓！

我要吃掉你！
底生命！
喀嚓！喀嚓！

我大口吃掉你！　嗝！　吃掉了！

大口吃掉！　亻！　吃掉了！

我大口吃掉你！　个！　吃掉了！

大口吃掉！　八！　吃掉了！

我大口吃掉你！　尔！　吃掉了！

你

逃生口

高擲而出的聲線
自思緒的牆外
蔓延

再
尋不著
一道拋物線
無止盡的
浮懸

以急速的身姿
穿入模糊的場域裡
消失

懷疑著
是空集合
為彼此落下結論

完美地詮釋著
這同一維度的
背向——掙脫

它
仍在持續前行
獨斷而婉轉地
恆遠堅持不懈

那路途通暢

沒有俠客
沒有山賊

代替說話

他的服裝代替他的說話
一身血跡遍佈的制服底下
掩藏不住的
純淨
自胸間傳遞光芒
有力的
向另一扇靈魂之窗
眼神滾燙

他以呼吸作為允諾
用持續不斷的氧氣灌溉
直至絕望消弭
希望覺醒

他以深黑的縫線作為墨水
描繪著痛的終點
縫補了眾人心碎
不停底
在留白的皮膚上
燙下無盡的
逗點

，

重生

我從九泉之下歸來
隨煙霧提示的方位
回到這山城之街

人煙稀落依舊
殘陽欲墜低垂
怯生如我
未敢重溫仰首
但見餘暉幽昧
自胸間穿越

飄渺地
不問寒暄
漕雨綿綿
飛灰煙滅
卻心火如炬
尋不著一張
熟識的臉

在天使與惡魔之間

鼓譟的
猜忌
以天使般的聲線
穿透／籠罩
讓心弦的曲調
因徬徨而
失準
在真空的廣場
迴盪

扭曲的
嫉妒
以掠食者的視線
傾略／瓦解
讓道德的度量
因渴望而
失序
自缺氧的靜脈
張狂

海洋的深處
是否

如同以往
神祕且隱蔽

仍珍藏著
那未被發掘之景象
與靜謐獨存的烏托邦

時間與距離的
圍籬
終是遮掩不了
瘋狂的真相
我們
任由信任/消亡
在溫暖依舊的眼光

諷刺
這明亮直截的示象
卻只教人更加敏感

當淚與笑摻揉成無奈
晝與夜交錯成夕陽
黑與白邂逅成灰燼

一瞬間
他變了另個人的
模樣

崩解

對於「愛情」
已經開始產生
抗藥性

還是讓黑夜
飢渴底吞蝕了
悲傷的透明靈魂
無法抗拒

靜脈般暗紅色調的月
以詭異弧度
偷窺奸笑

我將同幽默
重新粉刷／那
來自骨髓深處
殘簡般的記憶片斷
一路延伸空白

直至繁花殆盡你
萬縷青絲
繽紛成灰

當「愛情」
一錠
又
一錠底

敞；開
消；散
崩；解

我漂浮
在搆不上你
的邊界

在半衰期過後
終將不能自己
隱隱作祟

希望

用希望幫絕望打一劑
強心針
在無風的谷底

讓失控的生活不再
失重
下墜到
無限的意識
溶解邊緣

消靡的空間
充斥著尖銳的鼓譟
分不清的
氣味徘徊

亦或只是耳鳴讓人不停
暈眩

空氣中燃燒的廢料
粒子瀰漫
城市漸灰
卻只教人勇於習慣

泥濘下的湧動
提示著
地殼的慫恿

路人們卻仍
昂首闊步
抬起腳步加速向前
眼光高遠

無視向／輻射漫天的
無聲嘶吼
穿越自／那真空宇宙的
沒有盡頭

邊境敵軍
臉上的嚴峻與漠然
在每日習常的烈陽高照
和星眸垂眼
終年不變

沙漠風起
黃土漫延
遍遍
從這鄰家女孩的漆黑髮梢
拂過
向更遠那端的
乾旱村落

枯竭之井口
近地百里尋不著
一處綠洲

祈禱
若是能換取溫飽與水源
流星
若是總應允心願
善良
若是能帶來改變

在日月接軌之無盡迴圈
看恆心
反覆實踐

這世上災難與傷痛
是否
將不再往返於
那些個緊蹙的眉間

再不讓
這殘酷的現實
擰乾了無數隻
扭曲的淚眼

罌粟

愛是幻覺
海王星的飛船
滿載著
愛

以救贖者的姿態
降臨

有一種幸福的咒詛
是無色無味的
五味雜陳

是滿山滿谷的罌粟
用深沈的藍／控訴
以迂迴的紫／催眠
待血色的紅／冷卻
將無瑕的白／歸降

卻無法
鎮靜過度活化的神經元

無數個輾轉的夜
以翻騰的思緒
測試靈魂的燃點

穿梭在罌粟盛開的田
暈眩
是畏怯衍伸的香味
在無形的
軀體之間
纏綿
有矛盾的拉扯
僵持的尷尬
詭譎氣氛
蔓延

愛是幻覺
海王星的飛船
滿載著
愛

以救贖者的姿態
降臨
降臨在
你／我
我和我們之間

花語

看，那花朵
為何她低頭沉默？

粗糙輕薄的葉面
有沉著的脈絡
抓穩每一次天恩的降落
不讓它
自由穿梭

「能否在日升月落之際，為我留下晨漿一抹？」
她說。

只盼以緘默同時光承諾
在那盲春的盡頭
就捱過無數眼神的撫摸
浸泡在憐憫裡頭的
怎能是
過路人的溫柔？

看，那花朵
為何她低頭沉默？

若是你疑惑/好奇依舊
問問那些
點綴在花莖上的小刺
你將能隨時聽到
一千種朝氣滿溢的理由

冥王星的溫柔

親愛的客戶，您好：
即將為您開啟
一個天堂
口味的
罐頭

敬請稍候

請以婉轉底姿態
溫柔的撬開它
緊閉的鐵口

早來不及禱告的
前奏
讓迫不及待的食指
大動
預告著蝗蟲
過境的刮搜

掏空這
滿腹腥酸的血肉

餵養那
佔據腐繡心牢底惡魔

充填祂
飢婪過剩之利口

全聽憑您
掠奪／勒索
飲盡上帝血色之寬厚
予取予求

祂壯大了自身無盡的胃口
靈魂卻顯得萎靡孱弱
那渾濁的視線
仍不住哀求
無止無休

親愛的客戶，您好：
即將為您開啟
最後一個天堂
口味的
罐頭

敬請稍候

後記

平日裡最喜歡透過自己的雙眼，把大太陽光底下一切所見所聞之事，不論或微或廣，皆詳細的記錄到腦海裡，存檔、收藏以備用之。就如同攝影機的鏡頭，把每一分每一秒，都直截的拓印在不朽的影片裡，在時間的盡頭來臨之前，持續的維持著當下本色的鮮明。

自小到大，接觸音樂相關領域與文字創作一直都是我不變的興趣，它們更是我靈魂受傷時，那道能讓我自由出走的逃生口，在文字的空白格和旋律的休止符之間，為我騰出僅剩的安全感，就像找到一處安穩的防空洞，讓疼痛的靈魂得以暫時進駐在其中，從而獲得自我痊癒的靈丹妙藥，讓生活的天平能時刻地保持著動態平衡。

對於人生中所追求的事物，並不期待它們總能夠達到無瑕的完美境界，只期許自己能以盡善盡美的態度面對自己，並且以一顆敞開包容的心，去欣賞和接納人生旅途中，所有與自身相異的不同景物。

在本書的尾聲中，作者想在此誠摯的感謝我最親愛的爸爸：陳憲法，感謝他幫助我實現一直以來的心願與夢想，就像在無盡的黑夜中盼到了一輪熾熱的太陽，為我指引人生的康莊，這輩子能成為你的女兒是最最幸福的大確幸，讓我有一個如此珍貴的機會得以兌現我的理想，你使我在首次創作的路上就能擁有非常順利的經驗與過程！再來，我要感謝父親的諸多友人們：中華民國現任立法院副院長蔡其昌先生、中華民國中醫師公會全國聯合會理事長陳旺全先生、靜宜大學中文系退休副教授吳東先生，您們是幫助我完成首次創作的諸位貴人，感謝您們各位能夠賞識我的詩選《冥王星的溫柔》，並且義氣相挺的為我撰寫推薦序，將之增添了無數的絢爛光彩、使得整部作品得以更佳圓滿完善！另外，我要感謝文興印刷事業有限公司的所有專業團隊：黃世勳博士、賀曉帆小姐，及所有一同攜手合作完成此部著作的貴公司同仁們！還要感謝總經銷紅螞蟻圖書有限公司協助發行本著作《冥王星的溫柔》！最後，我要感謝各位讀者願意閱讀本書籍，這是楷琋竭盡心血去完成的首部處女作新詩選，很高興在我築夢踏實的旅途中，能有您的見證與參與。每一位讀者的欣賞與肯定都將帶給我更加巨大的創作原動力，願我能夠在未來的個人作品中再次與您相遇。謝謝！

國家圖書館出版品預行編目 (CIP) 資料

冥王星的溫柔 / 陳楷琋著 . -- 初版 . -- 臺中市 : 文興印刷，
民 107.06
面； 公分 . --（現代文學館；2）
ISBN 978-986-6784-32-3(平裝)
851.486 107008339

現代文學館 02 (SW02)

冥王星的溫柔

出 版 者：文興印刷事業有限公司
地　　址：407 臺中市西屯區漢口路 2 段 231 號
電　　話：(04)23160278 傳真：(04)23124123
E - mail：wenhsin.press@msa.hinet.net
網　　址：www.flywings.com.tw
作　　者：陳楷琋
發 行 人：黃文興
總 策 劃：賀曉帆、黃世杰
美術編輯 / 封面設計：銳點視覺設計 (04)22428285

總 經 銷：紅螞蟻圖書有限公司
地　　址：114 臺北市內湖區舊宗路 2 段 121 巷 19 號
電　　話：(02)27953656 傳真：(02)27954100
初　　版：中華民國 107 年 6 月
定　　價：新臺幣 300 元整
I S B N ：978-986-6784-32-3(平裝)
歡迎郵政劃撥
戶名：文興印刷事業有限公司
帳號：22785595